# 七里香

席慕蓉

# 生命因詩而甦醒

## ——新版序

散落在四處的詩稿，像是散落在時光裏的生命的碎片，等到把它們集成一冊，在燈下初次翻讀校樣之時，才驚覺於這眞切的全貌。

終於知道，原來——

詩，不可能是別人，只能是自己。

這個自己，和生活裏的角色不必一定完全相稱，然而卻絕對是靈魂全部的重量，是生命最逼眞精確的畫像。

這是我爲我的第四本詩集《邊緣光影》所寫的序言全文，出版時間是一九九九年五月，離上一本詩集《時光九篇》的出版，已經有十二年之久。

時光疾如飛矢，從我身邊掠過，然而，有些什麼在我的詩裏卻進行得極爲緩慢。

這十二年之間，由於踏上了蒙古高原，從初見原鄉的孺慕和悲喜，到接觸了草原文化之後的敬畏與不捨；從大興安嶺到天山山麓、從顎爾多斯荒漠到貝加爾湖，十年中的奔波與浮沉，陷入與沒頂，可以說是一種在生活裏的全神貫注，詩，因此而寫得更慢了。

但是，要等到把這十二年之間散落在各處的詩稿都集在一起，成爲一個整體的時候，才發現我的詩即使寫得很慢，卻依然忠實地呈現出生命的面貌，今日的我與昨日的我，果然距離越來越遠，因此而不得不承認——

我們曾經有過怎麼樣的時刻，就會寫出怎麼樣的詩來。

但是，但是，在這逐漸而緩慢的變動之間，有種特質卻又始終如一。在寫了出來或者沒能寫出來的詩行裏，有些什麼若隱若現，不曾改變，從未稍離。

此刻來爲新版的《七里香》和《無怨的青春》校對之時，這種感覺更是特別強烈。

《七里香》是我的第一本詩集，初版於一九八一年七月。《無怨的青春》是第二本，初版於一九八三年二月，離現在都快有二十年了。中間偶爾會翻動一下，最多只是查一兩首詩的寫作日期，或者影印一些給別人當資料。這麼多年來，除了爲「東華」和「上海文藝」出選集的時候稍微認眞地看一看之外，從來沒像此刻這樣逐字逐行逐頁地重新檢視，好像重新回到那已經過去了的時光，那些曾經多麼安靜和芳香的夜晚，在燈下，從我筆端從我心中，一首又一首慢慢寫出來的詩。

這些詩一直是寫給我自己看的，也由於它們，才能使我看到自己。知道自己正處在生命中最美麗的時刻，所有繁複的花瓣正一層一層地舒開，所有甘如醇蜜、澀如黃連的感覺正交織地在我心中存在。歲月如一條曲折的閃著光的河流靜靜地流過，今夜爲二十年前的我心折不已，而二十年後再回顧，想必也會爲此刻的我而心折。（《七里香》第一九二頁）

果然是這樣。

在接近二十年之後的此刻，重新回過頭來審視這些詩，恍如面對生命裏無法言傳去又復返的召喚，是要用直覺去感知的一種存在，是很難形容的一種疼痛，微顫微寒而確實又微帶甘美的戰慄；而在這一切之間，我終於又重新碰觸到那幾乎已經隱而不見，卻又從來不曾離開片刻的「初心」。

初心恆在，依舊素樸謙卑。

我一直相信，生命的本相，不在表層，而在極深極深的內裏。

不管日常生活的表面是多麼混亂粗糙，在我們每個人內心最幽微的地方，其實永遠深藏著一份細緻的初心——那生命最初始之時就已經擁有的，對一切美好事物似曾相識的鄉愁。

詩，就是由此而發生的。

少年時第一次試著寫詩，是在讀了「古詩十九首」之後，那種驚動，應該是對文字的啓蒙。詩並不能成段落，都留在初中二年級的日記本裏了，是一九五四年秋天的事。

而在我詩集中最早的一首詩「淚·月華」，寫成於一九五九年三月十二日，高中三年級下學期剛開始不久。

從一九五九到一九九九，四十年間，雖然沒有中斷，寫的卻不能算多，能夠收進這四本詩集裏的詩，總數也不過只有兩百五十二首而已。

時光疾如飛矢，從我身邊掠過，然而，在我的詩裏，一切卻都進行得極爲緩慢。

這是因爲，在寫詩的時候，我一無所求。

我想，這是我的幸運。因爲我從來不必以寫詩做爲自己的專業，因此而可以離企圖心很遠很遠，不受鞭策、不趕進度，更沒有誘惑。從而能夠獨來獨往，享有那在創作上極爲珍貴難得的完全的自由。

我是有資格說這樣的話。因爲，四十年來，在繪畫上，我可是無時無刻不在受那企圖心的干擾，從來也沒能眞正掙脫過一次啊！

當然，距離企圖心的遠近，和創作的品質並不一定有關聯。而且，無論是何等樣的作品，完成之後，就只能留待時間和觀賞者來做揀選，對作品本身保持永遠的沉默，是一個創作者應該有的權利和美德。

不過，在這篇序言的最後，我還是要感謝許多位朋友，謝謝他們給我的鼓勵和了解。

我要謝謝大地出版社的姚宜瑛女士，我的第一和第二本詩集都在大地出版，十幾年的合作非常愉快。姚女士給我的一切，是一定要深深道謝的。

謝謝曉風，願意引導我。

謝謝七等生和蕭蕭，兩位在十幾二十年前就爲我寫成的評論長文，這次才能鄭重放進書中，重讀之時，更能領略到其中的深意。

謝謝簡志忠先生和圓神的工作伙伴，讓新版的兩本詩集能有如此美好的面貌。

還要謝謝許多位在創作上給了我長遠的關懷和影響的好朋友。

更要謝謝我摯愛的家人。

最後，我也要謝謝在中文和蒙文世界裏的每一位讀者。

我的文字並沒有那麼好，是你們自身的感動給它增添了力量和光澤；我的世界原本與眾人無涉，是你們誠摯的共鳴，讓我得以進入如此寬廣遼闊的人間。

我從來不知道，僅只是幾本薄薄的詩集，竟然能夠得到如此溫暖的回響。

這十幾年來，在我個人的生命裏，因著詩集的出版而得以與幾百萬的讀者結緣，不能不說是一件奇遇。

有時候，在一些沒有預知的角落，常會遇見前來向我致意的讀者。在最初，我常常會閃躲，覺得不安。但是，慢慢地，經過多年以後，我終於領會了我們之間的共通之處，在心靈最幽微的地方，我們都擁有一顆素樸和謙卑的初心。

那麼，就相對微笑罷，不必再說什麼。我們都能明白，不管生活的表象是多麼混亂粗糙，也沒有分什麼性別和年齡，在提起筆和翻開書頁的時刻裏，除了詩，我們眞的一無所求。

在心靈最幽微之處，生命因詩而甦醒。

——二〇〇〇年的初始，寫於淡水畫室

七里香

## 重逢

## 囚



## 彩虹的情詩

## 隱痛

七里香

## 美麗的時刻



## 後記

# 江河

張曉風

## 一、一個叫穆倫席連勃的蒙古女孩

猛地，她抽出一幅油畫，逼在我眼前。

「這一幅是我的自畫像，我一直沒有畫完，我有點不敢畫下去的感覺，因爲我畫了一半，才忽然發現畫得好像我外婆……」

而外婆在一張照片裏，照片在玻璃框子裏，外婆已經死了十三年了，這女子，何竟在自畫像的時候畫出了記憶中的外婆呢？那其間有什麼神祕的訊息呢？

外婆的全名是孛兒只斤光濂公主，一個能騎能射，槍法精準的舊王族，屬於吐默特部落，成吉思汗的嫡系子孫。她老跟小孫女說起一條河（多像《根的故事》！），河的名字叫「西喇木倫」，後來小女孩才搞清楚，外婆所以一直說著那條河，是因爲——一個女子的生命無非就是如此，在河的這一邊，或者那一邊。

小女孩長大了，不會射、不會騎，卻有一雙和開弓射箭等力的手——她畫畫。在另一幅已完成的自畫像裏，背景竟是一條大河，一條她從來沒有去過的故鄉的河——「西喇木倫」。一個人怎能畫她沒有見過的河呢？這蒙古女子必然在自己的血脈中聽見河水的淙淙、在自己的黑髮中隱見河川的流瀉，她必然是見過「西喇木倫」的一個。

事實上，她的名字就是「大江河」的意思，她的蒙古全名是穆倫．席連勃，但是，我們卻習慣叫她席慕蓉，慕蓉是穆倫的譯音。

而在半生的浪跡之後，由四川而香港而台灣而比利時，終於在石門鄉村置下一幢獨門獨院。並在庭中養著羊齒植物和荷花的畫室裏，她一坐下來畫自己的時候，竟仍然不經意地幾乎畫成外婆，畫成塞上彎弓而射的孛兒只斤光濂公主，這其間，湧動的是一種怎樣的情感呢？

## 二、好大好大的藍花

兩歲，住在重慶，那地方有個好聽的名字，叫金剛坡，記憶就從那裏開始。似乎自己的頭特別大，老是走不穩，卻又愛走，所以總是跌跤，但因長得圓滾倒也沒受傷。她常常從山坡上滾下去，家人找不到她的時候，就不免要到附近草叢裏撥撥看，但這種跌跤對小女孩來說，差不多是一種詭祕的神奇經驗。有時候她跌進一片森林，也許不是森林只灌木叢，但對小女孩來說卻是森林。有時她跌跌撞撞滾到池邊，靜靜的池塘邊一個人也沒有，她發現了一種「好大好大藍色的花」，她說給家人聽，大家都笑笑，不予相信，那祕密因此封緘了十幾年。直到她上了師大，有一次到陽明山寫生，忽然在池邊又看到那種花，像重逢了前世的友人，她急忙跑去問林玉山教授，教授回答說是「鳶尾花」，可是就在那一剎那，一個持續了十幾年的幻象忽然消滅了。那種花從夢裏走到現實裏來，它從此只是一個有名有姓有譜可查的、規規矩矩的花，而不再是小女孩記憶裏好大好大、幾乎用仰角才能去看的藍花了。

如何一個小孩能在一個普普通通的池塘邊窺見一朵花的天機，那其間有什麼神祕的召喚？三十六年過去，她仍然惴惶不安的走過今春的白茶花，美，一直對她有一種蠱惑力。

如果說，那種被蠱惑的遺傳特質早就潛伏在她母親身上，也是對的。一九四九，世難如漲潮，她倉卒走避，財物中她撇下了家傳宗教中的重要財物「舍利子」，卻把新做不久的大窗簾帶著，那窗簾據席慕蓉回憶起來，十分美麗。初到台灣，母親把它張掛起來，小女孩每次睡覺都眷眷不捨的盯著看，也許窗簾是比舍利子更爲宗教、更爲莊嚴的，如果它那玫瑰圖案的花邊，能令一個小孩久久感動的話。

## 三、十四歲的畫架

別人提到她總喜歡說她出身於師大藝術系，以及後來的比利時布魯塞爾的皇家藝術學院。但她自己總不服氣，她總記得自己十四歲，背著新畫袋和畫架，第一次離家，到台北師範的藝術科去讀書的那一段。學校原來是爲訓練小學師資而設的，課程安排當然不能全是畫畫，可是她把一切的休息和假期全用來作畫了，硬把學校畫成「藝術中學」。

一年級，暑假還沒到，天卻白熱起來，別人都乖乖的在校區裏畫；她卻離開同學，一個人走到學校後面去，當時的和平東路是一片田野，她怔怔地望著小河兀自出神。正午，陽光是透明的，河水是透明的，一些奇異的倒影在光和水的雙重恍動下如水草一般的生長著。一切是如此喧嘩，一切又是如此安靜，她忘我的畫著，只覺自己和陽光已混然爲一，她甚至不覺得熱。直到黃昏回到宿舍，才猛然發現，短袖襯衫已把胳臂明顯的劃分成棕紅和白色兩部分。奇怪的是，她一點都沒有感到風吹日曬，唯一的解釋大概就是那天下午她自己也變成太陽族了。

「啊！我好喜歡那時候的自己，如果我一直都那麼拚命，我應該不是現在的我！」

大四，國畫大師溥心畬來上課，那是他的最後一年，課程尚未結束，他已撤手而去。他是一個古怪的老師，到師大來上課，從來不肯上樓，學校只好將就他，把學生從三樓搬到樓下來。他上課一面吃花生糖，一面問：「有誰做了詩了？有誰塡了詞了？」他可以跟別人談五代官制，可以跟別人談四書五經、談詩詞，偏偏就是不肯談畫。

每次他問到詩詞的時候，同學就把席慕蓉推出來，班上只有她對詩詞有興趣，溥老師因此對她很另眼相看。當然也許還有另外一個理由，他們同屬於「少數民族」，同樣具有溥老師的那方小印上刻「舊王孫」的身分。有一天，溥老師心血來潮，當堂寫了一個「璞」字送給席慕蓉，不料有個男同學斜衝出來一把就搶跑了——當然，即使是學生，大家也都知道溥老師的字是「有價的」——溥老師和席慕蓉當時都嚇了一跳，兩人彼此無言的相望了一眼，什麼話也沒說。老師的那一眼似乎在說：「奇怪，我是寫給妳的，妳不去搶回來嗎？」但她回答的眼神卻是：「老師，謝謝你用這麼好的一個字來形容我，你所給我的，我已經收到了，你給我那就是我的，此生此世我會感激，我不必去跟別人搶那幅字了……」

隔著十幾年，師生間那一望之際的千言萬語仍然點滴在心。

## 四、當別人指著一株祖父時期的櫻桃樹

在歐洲，被鄉愁折磨，這才發現自己魂思夢想的，不是故鄉的千里大漠，而是故宅北投。北投的長春路，記憶裏只有綠，綠得不能再綠的綠，萬般的綠上有一朵小小的白雲。想著、想著，思緒就凝縮爲一幅油畫。乍看那樣的畫會嚇一跳，覺得那正是陶淵明的「停雲，思親友也」的「圖解」，又覺得李白的「浮雲遊子意」似乎是這幅畫的註腳。但當然，最好你不要去問她，你問她，她會謙虛的否認，

說自己是一個沒有學問、沒有理論的畫者，說她自己也不知道爲什麼就這樣直覺的畫了出來。

那陣子，中法斷交，她放棄了嚮往已久的巴黎，另外申請到兩個獎學金，一個是到日內瓦讀美術史，一個是到比利時攻油畫。她選擇了後者，她說，她還是比較喜歡畫畫——當然，凡是有能力把自己變成美術史的人，應該不必去讀由別人繪畫生命所累積成的美術史。

有一天，一個歐洲男孩把自家的一棵櫻桃樹指給她看：

「妳看到嗎？有一根枝子特別彎，妳知道樹枝怎麼會彎的？是我爸爸坐的呀！我爸爸小時候偷摘櫻桃被祖父發現了，祖父罰他，叫他坐在樹上，樹枝就給他壓彎了，到現有都是彎的！」

說故事的人其實只不過想說一段輕鬆的往事，聽的人卻別有心腸的傷痛起來，她甚至岔岔然生了氣。憑什麼？一個歐洲人可以在平靜的陽光下看一株活過三代的樹，而做爲一個中國人卻被連根拔起，秦時明月漢時關，竟不再是我們可以悠然回顧的風景！

那憤怒持續了很久，但回國以後卻在一念之間渙然冰釋了。也許我們不能擁有祖父的櫻桃樹，但植物園裏年年盛夏如果都有我們的履痕，不也同樣是一段世緣嗎？她從來不能忘記玄武湖，但她終於學會珍惜石門鄉居的翠情綠意，以及六月裏南海路上的荷香。

## 五、驃悍

「那時候也不曉得怎麼有那麼大的勇氣，自己抱著上五十幅油畫，趕火車到歐洲各城裏去展覽。不是整幅畫帶走，整幅畫太大，需要雇貨車來載，窮學生哪有這筆錢？我只好把木框析下來，編好號，綁成一大紮，交火車托運。畫布呢？我就自己抱著，到了會場，我再把條子釘成框子。有些男生可憐我一個女孩子沒力氣，想幫我釘，我還不肯，一逕大叫：『不行，不行，你們弄不清楚，你們會把我的東西搞亂的！』

在歐洲，她結了婚，懷了孩子，贏得了初步的名聲和好評，然而，她決定回來，把孩子生在自己的土地上。

知道她離開歐洲跑回台灣來，有位親戚回國小住，兩人重逢，那親戚不再說話，只說：「咦，妳在台灣也過得不錯嘛！」

「做爲一個藝術家，當然還是生活在自己的土地上好。」她說這句話的時候，人在車裏，車在台北石門之間的高速公路上。她手握方向盤，眼睛直朝前看而不略作回顧。

她。

「她開車眞『驃悍』，像蒙古人騎馬！」有一個叫孫春華的女孩子曾這樣說

驃悍就驃悍吧！在自己的土地上，好車好路，爲什麼不能在合法的矩度下意氣風發一點呢？

## 六、跟荷花一起開畫展

「妳的畫很拙，」廖老師這樣分析她，「妳分明是科班出身（從十四歲就在苦學了！），妳應該比別人更容易受某些前輩的影響，可是，妳卻拒絕所有的影響，維持了妳自己！」

廖老師說的對，她成功的維持了她自己，但這不意味著她不喜歡前輩畫家，相反的，正是因爲每一宗每一派都喜歡，所以可以不至於太迷戀太沉溺於一家。

如果要說起她眞的比較喜歡的畫，應該就是德國杜勒的銅版畫了。她自己的線條畫也傾向於這種風格，古典的、柔挺的，卻根根清晰分明、似乎要一一「負起責任」來的線條，讓人覺得彷彿是從愼重的經籍裏走出來的插頁。

「我六月裏在歷史博物館開畫展，剛剛好，那時候荷花也開了。」

聽不出她的口氣是在期待荷花？抑是畫展？在荷花開的時候開畫展，大概算是一種別致的聯展吧！

畫展裏最重要的畫是一系列鏡子，像荷花拔出水面，鏡中也一一綻放著華年。

## 七、千鏡如千湖，千湖各有其鑑照

「這面鏡子我留下來很久了，因爲是母親的，只是也不覺得太特別，直到母親從國外回來，說了一句：『這是我結婚的時候人家送的呀！』我才嚇了一跳，母親十九歲結婚，這鏡子經歷多少歲月了？」她對著鏡子著迷起來。

「所謂古董，大概就是這麼回事吧！大概背後有一個細心的女人，很固執的一直愛惜它、愛惜它，後來就變成古董了。」

那面小梳妝鏡暫時並沒有變成古董，卻幻化成爲一面又一面的畫布，像古神話裏的法鏡，青春和生命的祕鑰都在其中。站在畫室中一時只覺千鏡是千湖，千湖各有其鑑照。

「奇怪，妳畫的鏡子怎麼全是這樣橢圓的、古典的，妳沒有想過畫一長排鏡子，又大又方又冷又亮，舞蹈家的影子很不眞實的浮在裏面，或者三角組合的穿衣鏡，有著『花面交相映』的重複。」

「不，我不想畫那種。」

「如果畫古銅鏡呢？那種有許多雕紋，而且照起人來模模糊糊的那一種。」

「那倒可以考慮。」

「習慣上，人家都把畫家當作一種空間藝術的經營者，可是看妳的畫讀妳的詩，覺得妳急於抓住的卻是時間——妳怎麼會那樣迷上時間的呢？妳畫鏡子、妳畫荷花、妳畫歐洲婚禮上一束白白香香的小蒼蘭、妳畫雨後的彩虹（雖說是爲小孩畫的），妳好像有點著急，妳怕那些東西消失了，妳要畫下的、寫下的其實是時間。」

「啊！」她顯然沒有分辯的意思，「我畫鏡子，也許因爲它象徵青春，如果年華能倒流，如果一切能再來一次，我一定把每件事都記得，而不要忘記……」

「我仍然記得十九歲那年，站在北投家中的院子裏，背後是高大的大屯山，腳下是新長出來的小綠草，我心裏疼惜得不得了，我幾乎要叫出來：『不要忘記！不要忘記！』我是在跟誰說話？我知道我是跟日後的『我』說話，我要日後的我不要忘記這一霎！」

於是，另一個十九年過去，魔術似的，她眞的沒有忘記十九年前那一霎時的景象。讓人覺得一個凡人那樣哀婉無奈的美麗祝告，恐怕是連天地神明都要不忍的。人類是如此有限的一種生物，人類活得如此粗疏懶慢，獨有一個女子渴望記住每一霎間的美麗，那麼，神明想：成全她吧！

連妳的詩也是一樣，像「悲歌」裏：

「今生將不再見你
只為　再見的
已不是你
心中的你已永不再現

再現的　只是些滄桑的
日月和流年」

「青春」裏：

「遂翻開那發黃的扉頁
命運將它裝訂得極為拙劣
含著淚　我一讀再讀
卻不得不承認
青春是一本太倉促的書」

而在「時光的河流」裏：

「啊　我至愛的　此刻
從我們床前流過的
是時光的河嗎」

「我眞是一個捨不得忘記的人……」她說。

（誠如她在「藝術品」那首詩中說的：是一件不朽的記憶，一件不肯讓它消逝的努力，一件想挽回什麼的欲望。）

「什麼時候開始寫詩的？」

「初中，從我停止偷抄二姊的作文去交作業的時候，我就只好自己寫了。」

## 八、牧歌

記得初見她的詩和畫，本能的有點趦趄猶疑，因爲一時決定不了要不要去喜歡。因爲她提供的東西太美，美得太純潔了一點，使身爲現代人的我們有點不敢置信。通常，在我們不幸的經驗裏，太美的東西如果不是虛假就是浮濫，但僅僅經過一小段的掙扎，我開始喜歡她詩文中獨特的那種清麗。

在古老的時代，詩人「總選集」的最後一部分，照例排上僧道和婦女的作品，因爲這些人向來是「敬陪末座」的。席慕蓉的詩齡甚短（雖然她已在日記本上寫了半輩子），你如果把她看作敬陪末座的詩人也無不可，但誰能爲一束七里香的小花定名次呢？它自有它的色澤和形狀。席慕蓉的詩是流麗的、聲韻天成的，溯其流而上。你也許會在大路的盡頭看到一個蒙古女子手執馬頭琴，正在爲你唱那淺白曉暢的牧歌；你感動，只因你的血中多少也摻和著「徑萬里兮度沙漠」的塞上豪情吧！

她的詩又每多自宋詩以來對人生的洞徹，例如：

離別後
鄉愁是一棵沒有年輪的樹
永不老去

（鄉愁）

又如：

愛　原來是沒有名字的
在相遇前　等待就是它的名字

（**愛的名字**）

或如：

溪水急著要流向海洋
浪潮卻渴望重回土地

（**七里香**）

像這樣的詩——或說這樣的牧歌——應該不是留給人去研究，或者反覆箋註的。它只是，僅僅只是，留給我們去喜悅、去感動的。

不要以前輩詩人的「重量級標準」去預期她——余光中的磅礡激健、洛夫的邃密孤峭、楊牧的雅潔深秀、鄭愁予的瀟灑嫵媚，乃至於管管的俏皮生鮮，都不是她所能及的。但她是她自己，和她的名字一樣，一條適意而流的江河，你看到它滿滿的揚溢到岸上來的波光，聽到它滂沛的旋律，你可以把它看成一條一目瞭然的河，你可以沒於其中、泅於其中、鑑照於其中——但至於那河有多深沉或多惆悵？那是那條河自己的事情，那條叫西喇木倫的河的自己的事情。

而我們，讓我們坐下來，縱容一下疲倦的自己，讓自己聽一首從風中傳來的牧歌吧！

J. HSI 1981

# 七里香

——在那樣古老的歲月裏
也曾有過同樣的故事
那彈箜篌的女子也是十六歲嗎
還是說　今夜的我
就是那個女子

# 七里香

溪水急著要流向海洋
浪潮卻渴望重回土地

在綠樹白花的籬前
曾那樣輕易地揮手道別

而滄桑的二十年後

我們的魂魄卻夜夜歸來
微風拂過時
便化作滿園的郁香

——一九七九・八

# 成熟

童年的夢幻褪色了
不再是　祇願做一隻
長了翅膀的小精靈

有月亮的晚上
倚在窗前的
是漸呈修長的雙手

將火熱的頰貼在石欄上
在古長春藤的蔭裏
有螢火在游

不再寫流水帳似的日記了
換成了密密的
糢糊的字跡
在一頁頁深藍淺藍的淚痕裏
有著誰都不知道的語句

——一九五九・八・十八

# 一棵開花的樹

如何讓你遇見我
在我最美麗的時刻　爲這
我已在佛前　求了五百年
求祂讓我們結一段塵緣

佛於是把我化作一棵樹
長在你必經的路旁

陽光下愼重地開滿了花
朵朵都是我前世的盼望

當你走近　請你細聽
那顫抖的葉是我等待的熱情
而當你終於無視地走過
在你身後落了一地的
朋友啊　那不是花瓣
是我凋零的心

——一九八〇・十・四

# 古相思曲

——只緣感君一回顧，使我思君暮與朝。

——古樂府——

在那樣古老的歲月裏
也曾有過同樣的故事
那彈箜篌的女子也是十六歲嗎
還是說　今夜的我
就是那個女子

就是幾千年來彈著箜篌等待著的
那一個溫柔謙卑的靈魂
就是在鶯花爛漫時蹉跎著哭泣著的
那同一個人

那麼　就算我流淚了也別笑我軟弱
多少個朝代的女子唱著同樣的歌
在開滿了玉蘭的樹下曾有過
多少次的別離
而在這溫暖的春夜裏啊
有多少美麗的聲音曾唱過古想思曲

——一九七九・七

# 渡口

讓我與你握別
再輕輕抽出我的手
知道思念從此生根
浮雲白日　山川莊嚴溫柔

讓我與你握別
再輕輕抽出我的手

華年從此停頓
熱淚在心中匯成河流
是那樣萬般無奈的凝視
渡口旁找不到一朵可以相送的花
就把祝福別在襟上吧
而明日
明日又隔天涯

——一九七九

# 祈禱詞

我知道這世界不是絕對的好
我也知道它有離別　有衰老
然而我只有一次的機會
上主啊　請俯聽我的祈禱

請給我一個長長的夏季
給我一段無瑕的回憶

給我一顆溫柔的心
給我一份潔白的戀情

我只能來這世上一次　所以
請再給我一個美麗的名字
好讓他能在夜裏低喚我
在奔馳的歲月裏
永遠記得我們曾經相愛的事

——一九七九·十一·廿八

# 異域

於是　夜來了
敲打著我十一月的窗
從南國的馨香中醒來
從回家的夢裏醒來
布魯塞爾的燈火輝煌
我孤獨地投身在人群中

人群投我以孤獨

細雨霏霏　不是我的淚

窗外蕭蕭落木

——一九六四・十・十六

J. HSI 1980

# 千年的願望

——總希望
二十歲的那個月夜
能再回來
再重新活那麼一次

# 千年的願望

總希望
二十歲的那個月夜
能再回來
再重新活那麼一次
然而
商時風
唐時雨

多少枝花
多少個閒情的少女
想她們在玉階上轉回以後
也只能枉然地剪下玫瑰
插入瓶中

——一九七六

# 山月

我曾踏月而來
只因你在山中
山風拂髮　拂頸　拂裸露的肩膀
而月光衣我以華裳

月光衣我以華裳
林間有新綠似我青春模樣

青春透明如醇酒　可飲　可盡　可別離
但終我倆多少物換星移的韶華
卻總不能將它忘記

更不能忘記的是那一輪月
照了長城　照了洞庭　而又在那夜　照進山林

從此　悲哀粉碎
化作無數的音容笑貌
在四月的夜裏　襲我以郁香
襲我以次次春回的悵惘

——一九七七

# 回首

一直在盼望著一段美麗的愛
所以我毫不猶疑地將你捨棄
流浪的途中我不斷尋覓
卻沒料到　回首之時
年輕的你　從未稍離

從未稍離的你在我心中
春天來時便反覆地吟唱

那濱江路上的灰沙炎日
那麗水街前一地的月光
那清晨園中為誰摘下的茉莉
那渡船頭上風裏翻飛的裙裳

在風裏翻飛　然後紛紛墜落
歲月深埋在土中便成琥珀
在灰色的黎明前我悵然回顧
親愛的朋友啊
難道鳥必要自焚才能成為鳳凰
難道青春必要愚昧
愛　必得憂傷

——一九七九・五

# 給你的歌

我愛你只因歲月如梭
永不停留　永不回頭
才能編織出華麗的面容啊
不露一絲褪色的悲愁

我愛你只因你已遠去
不再出現　不復記憶

才能掀起層層結痂的心啊
在無星無月的夜裏

一層是一種掙扎
一層是一次蛻變
而在驀然回首的痛楚裏
亭亭出現的是你我的華年

——一九七八

# 邂逅

你把憂傷畫在眼角
我將流浪抹上額頭
你用思念添幾縷白髮
我讓歲月雕刻我憔悴的手

然後在街角我們擦身而過
漠然地不再相識

啊
親愛的朋友
請別錯怪那韶光改人容顏
我們自己才是那個化粧師

——一九七八

# 暮色

在一個年輕的夜裏
聽過一首歌
清冽纏綿
如山風拂過百合
再渴望時卻聲息寂滅
不見蹤跡　亦無來處

空留那月光沁人肌膚

而再二十年後的一個黃昏裏
有什麼是與那夜相似
竟爾使那旋律翩然來臨
山鳴谷應　直逼我心

回顧所來徑啊
蒼蒼橫著的翠微
這半生的坎坷啊
在暮色中竟化爲甜蜜的熱淚

——一九七九

# 月桂樹的願望

我爲什麼還要愛你呢
海已經漫上來了
漫過我生命的沙灘
而又退得那樣急
把青春一捲而去
把青春一捲而去

灑下滿天的星斗
山依舊　樹依舊
我腳下已不是昨日的水流

風輕　雲淡
野百合散開在黃昏的山巔
有誰在月光下變成桂樹
可以逃過夜夜的思念

——一九六四・五・十八

HSI 1980

# 流浪者之歌

——想妳　和那一個
夏日的午後
想妳從林深處緩緩走來
是我含笑的出水的蓮

# 流浪者之歌

在異鄉的曠野
我是一滴悔恨的融雪
投入山澗再投入溪河
流過平原再流過大湖
換得的是寂寞的歲月
在這幾千里冰封的國度

總想起那些開在南方的扶桑
那一個下午又一個下午的
金色陽光
想起那被我虛擲了的少年時
爲什麼不對那圓臉愛笑的女孩
說出我心裏的那一個字

而今日的我是一滴悔恨的融雪
在流浪的盡頭化作千尋瀑布
從痛苦撕裂的胸中發出吼聲
向南方呼喚

呼喚啊
我那失去的愛人

——一九七九·六

# 孤星

在天空裏
有一顆孤獨的星

黑夜裏的旅人
總會頻頻回首
想像著　那是他初次的
初次的　愛戀

——一九七九・十二

# 茉莉

茉莉好像
沒有什麼季節
在日裏在夜裏
時時開著小朵的
清香的蓓蕾

想妳

好像也沒有什麼分別
在日裏在夜裏
在每一個
恍惚的剎那間

——一九七九·十一·廿三

# 青春之一

所有的結局都已寫好
所有的淚水也都已啓程
卻忽然忘了是怎麼樣的一個開始
在那個古老的不再回來的夏日

無論我如何地去追索
年輕的你只如雲影掠過

而你微笑的面容極淺極淡
逐漸隱沒在日落後的群嵐

遂翻開那發黃的扉頁
命運將它裝訂得極爲拙劣
含著淚　我一讀再讀
卻不得不承認
青春是一本太倉促的書

——一九七九・六

# 青春之二

在四十五歲的夜裏
忽然想起她年輕的眼睛
想起她十六歲時的那個夏日
從山坡上朝他緩緩走來
林外陽光眩目
而她衣裙如此潔白
還記得那滿是茶樹的丘陵

滿是浮雲的天空
還是那滿耳的蟬聲
在寂靜的寂靜的林中

——一九七九・六

# 春蠶

只因　總在揣想
想幻化而出時
將會有絢爛的翼
和你永遠的等待

今生　我才甘心
做一隻寂寞的春蠶

在金色的繭裏
期待著一份來世的
許諾

——一九八〇・一一・二

# 夏日午後

想妳　和那一個
夏日的午後
想妳從林深處緩緩走來
是我含笑的出水的蓮

是我的　最最溫柔
最易疼痛的那一部分

是我的　聖潔遙遠
最不可碰觸的華年

極願　如龐貝的命運
將一切最美的在瞬間燒熔
含淚成爲永恆的模子
好能一次次地　在千萬年間
重複地　重複地　重複地
嵌進妳我的心中

——一九七八・九・十五

J.HSI 19

# 蓮的心事

——我如何捨得與你重逢
當只有在你心中仍深藏著的我的青春
還正如水般澄澈
山般蔥蘢

# 蓮的心事

我
是一朵盛開的夏荷
多希望
你能看見現在的我
風霜還不曾來侵蝕
秋雨還未滴落

青澀的季節又已離我遠去
我已亭亭　不憂　亦不懼

現在　正是
最美麗的時刻
重門卻已深鎖
在芬芳的笑靨之後
誰人知我蓮的心事

無緣的你啊
不是來得太早　就是
太遲

——一九七九・八・廿一

# 接友人書

那辜負了的
豈僅是遲遲的春日
那忘記了的
又豈僅是你我的面容
那奔騰著向眼前湧來的
是塵封的日　塵封的夜
塵封的華年和秋草

那低首斂眉徐徐退去的
是無聲的歌
無字的詩稿

——一九七七

# 曉鏡

我以爲
我已經把你藏好了
藏在
那樣深　那樣冷的
昔日的心底

我以爲

只要絕口不提
只要讓日子繼續地過去
你就終於
終於會變成一個
古老的祕密

可是　不眠的夜
仍然太長　而
早生的白髮　又洩露了
我的悲傷

——一九八〇・二・十五

# 短詩

當所有的親人都感到
我逐日的蒼老
當所有的朋友都看到
我髮上的風霜

我如何捨得與你重逢
當只有在你心中仍深藏著的我的青春

還正如水般澄澈

山般蔥蘢

——一九七九·八·十五

# 銅版畫

若夏日能重回山間
若上蒼容許我們再一次的相見
那麼讓羊齒的葉子再綠
再綠　讓溪水奔流
年華再如玉

那時什麼都還不曾發生

什麼都還沒有徵兆
遙遠的清晨是一張著墨不多的素描
你從灰濛擁擠的人群中出現
投我以羞怯的微笑

若我早知就此無法把你忘記
我將不再大意　我要盡力鏤刻
那個初識的古老夏日
深沉而緩慢　刻出一張
繁複精緻的銅版
每一劃刻痕我都將珍惜
若我早知就此終生都無法忘記

——一九七八

# 傳言

若所有的流浪都是因爲我
我如何能
不愛你風霜的面容

若世間的悲苦　你都已
爲我嘗盡　我如何能
不愛你憔悴的心

他們說　你已老去
堅硬如岩　並且極爲冷酷
卻沒人知道　我仍是你
最深處最柔軟的那個角落
帶淚　並且不可碰觸

——一九八一·一·十五

# 抉擇

假如我來世上一遭
只爲與你相聚一次
只爲了億萬年光裏的那一刹那
一刹那裏所有的甜蜜與悲悽

那麼　就讓一切該發生的
都在瞬間出現

讓我俯首感謝所有星球的相助
讓我與你相遇
　與你別離
完成了上帝所作的一首詩
然後　再緩緩地老去

——一九七九・十・廿九

J.HSI

# 重逢

——我並不是立意要錯過
可是　我一直都在這樣做
錯過那花滿枝椏的昨日　又要
錯過今朝

# 重逢之一

燈火正輝煌　而你我
卻都已憔悴　在相視的剎那
有誰聽見　心的破碎

那樣多的事情都已發生
那樣多的夜晚都已過去
而今宵　只有月色

只有月色能如當初一樣美麗

我們已無法回頭　也無法
再向前走　親愛的朋友
我們今世一無所有　也再
一無所求

我只想如何才能將此刻繡起
繡出一張綿綿密密的畫頁
繡進我們兩人的心中
一針有一針的悲傷　與
疼痛

——一九七九．十一．十八

# 重逢之二

在漫天風雪的路上
在昏迷的剎那間
在生與死的分界前
他心中卻只有一個遺憾
遺憾今生再也不能
再也不能　與她相見

而在溫暖的春夜裏
在一杯咖啡的滿與空之間
他如此冷漠　不動聲色地
向她透露了這個祕密
卻添了她的一份憂愁
憂愁在離別之後
將再也無法　再也無法
把它忘記

——一九八一・三・十二

# 樹的畫像

當迎風的笑靨已不再芬芳
溫柔的話語都已沉寂
當星星的瞳子漸冷漸暗
而千山萬徑都絕滅了蹤跡

我只是一棵孤獨的樹
在抗拒著秋的來臨

——一九七八

# 悲歌

今生將不再見你
只爲　再見的
已不是你

心中的你已永不再現
再現的　只是些滄桑的
日月和流年

——一九八一·三·十二

# 戲子

請不要相信我的美麗
也不要相信我的愛情
在塗滿了油彩的面容之下
我有的是顆戲子的心

所以　請千萬不要
不要把我的悲哀當眞

也別隨著我的表演心碎
親愛的朋友　今生今世
我只是個戲子
永遠在別人的故事裏
流著自己的淚

——一九七九・十二・廿

# 生別離

請再看
再看我一眼
在風中　在雨中
再回頭凝視一次
我今宵的容顏

請你將此刻

牢牢地記住　只爲
此刻之後　一轉身
你我便成陌路

悲莫悲兮　生別離
而在他年　在
無法預知的重逢裏
我將再也不能
再也不能　再
如今夜這般的美麗

——一九七九·十二·廿五

# 送別

不是所有的夢　都來得及實現
不是所有的話　都來得及告訴你
疚恨總要深植在離別後的心中
儘管　他們說
世間種種最後終必成空
我並不是立意要錯過

可是　我一直都在這樣做
錯過那花滿枝椏的昨日　又要
錯過今朝

今朝仍要重複那相同的別離
餘生將成陌路　一去千里
在暮靄裏向你深深俯首　請
爲我珍重　儘管　他們說
世間種種最後終必　終必成空

——一九八一·二·八

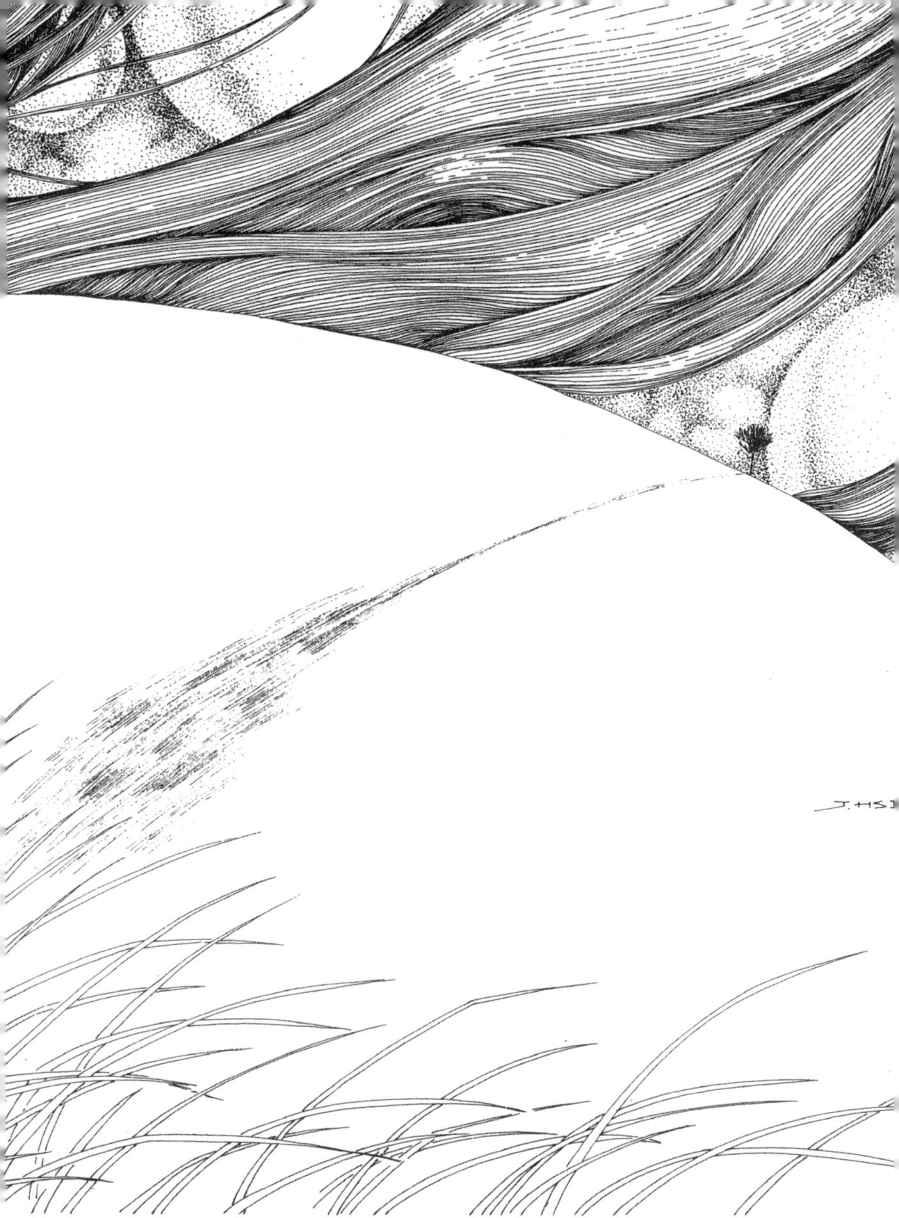
J. HSI

# 囚

——明知道總有一日
所有的悲歡都將離我而去
我仍然竭力地搜索
搜集那些美麗的糾纏著的
值得爲她活了一次的記憶

# 囚

流血的創口
總有復合的盼望
而在心中永不肯痊癒的
是那不流血的創傷

多情應笑我　千年來
早生的豈只是華髮

歲月已灑下天羅地網
無法逃脫的
是你的痛苦　和
我的憂傷

——一九八〇・五・廿六

# 無題

愛　原來就爲的是相聚
爲的是不再分離

若有一種愛是永不能
相見　永不能啓口
永不能再想起

就好像永不能燃起的
火種　孤獨地
凝望著黑暗的天空

——一九七九．十二

# 藝術品

是一件不朽的記憶
一件不肯讓它消逝的努力
一件想挽回什麼的欲望

是一件流著淚記下的微笑
或者　是一件
含笑記下的悲傷

——一九八〇・六・九

# 非別離

不再相見　並不一定等於分離
不再通音訊　也
並不一定等於忘記

只爲　妳的悲哀已揉進我的
如月色揉進山中　而每逢
夜涼如水　就會觸我舊日疼痛

——一九八〇・十二・廿

# 如果

四季可以安排得極爲黯淡
如果太陽願意
人生可以安排得極爲寂寞
如果愛情願意
我可以永不再出現
如果妳願意

除了對妳的思念
親愛的朋友　我一無長物
然而　如果妳願意
我將立即使思念枯萎　斷落

如果妳願意　我將
把每一粒種子都掘起
把每一條河流都切斷
讓荒蕪乾涸延伸到無窮遠
今生今世　永不再將妳想起
除了　除了在有些個

因落淚而濕潤的夜裏　如果
如果妳願意

——一九七九・七

# 讓步

只要　在我眸中
曾有妳芬芳的夏日
在我心中
永存一首真摯的詩

那麼　就這樣憂傷以終老
也沒有什麼不好

——一九七九·九·十三

# 塵緣

不能像
佛陀般靜坐於蓮花之上
我是凡人
我的生命就是這滾滾凡塵
這人世的一切我都希求
快樂啊憂傷啊
是我的擔子我都想承受

明知道總有一日
所有的悲歡都將離我而去
我仍然竭力地搜集
搜集那些美麗的糾纏著的
值得爲她活了一次的記憶

——一九七九·九·十三

# 彩虹的情詩

——那麼　我今天的經歷
又有些什麼不同
曾讓我那樣流淚的愛情
在回首時　也不過
恍如一夢

# 彩虹的情詩

我的愛人　是那剛消逝的夏季
是暴雨滂沱
是剛哭過的記憶

他來尋我時　尋我不到
因而洶湧著哀傷
他走了以後　我才醒來

把含著淚的三百篇詩　寫在
那逐漸雲淡風輕的天上

——一九八一・一・十五

# 焚

終於使得你
不再愛我
終於　與你永別
重回我原始的寂寞

沒料到的是
相逢之前的清純

已無處可尋
而在我心中
你變成了一把永遠燃燒著的
野火

——一九八〇·五·八

# 錯誤

假如愛情可以解釋
誓言可以修改
假如　你我的相遇
可以重新安排

那麼
生活就會比較容易

假如　有一天
我終於能將你忘記

然而　這不是
隨便傳說的故事
也不是明天才要
上演的戲劇
我無法找出原稿
然後將你
將你一筆抹去

——一九七九・十二・廿

# 悟

那女子涉江采下芙蓉
也不過是昨日的事
而江上千載的白雲
也不過　只留下了
幾首佚名的詩

那麼　我今天的經歷

又有些什麼不同
曾讓我那樣流淚的愛情
在回首時　也不過
恍如一夢

——一九八〇・二・十七

# 最後的水筆仔

跋涉千里來向你道別
我最初和最後的月夜
你早已識得我　在我
最年輕最年輕的時候
你知道觀音山曾怎樣
愛憐地俯視過我　而
青春曾怎樣細緻溫柔

而你也即刻認出了我
當滿載著憂傷歲月啊
我再來過渡　再讓那
暮色融入我滄桑熱淚
而你也了解　並且曾
凝神注視那兩隻海鷗
如何低飛過我的船頭

逝者如斯啊　水筆仔
昨日的悲歡將永不會
爲我重來　重來的我
只有月光下這片鬱綠

這樣孤獨又這樣擁擠
藏著啊我所有的記憶

再見了啊我的水筆仔
你心中有我珍惜的愛
莫怨我恨我　更請你
常常將年輕的我記起
請你在海風裏常回首
莫理會世間日月悠悠

——一九八〇・七・十二

# 繡花女

我不能選擇我的命運
是命運選擇了我

於是　日復以夜
用一根冰冷的針
繡出我曾經熾熱的
青春

——一九八〇・十二

# 暮歌

我喜歡將暮未暮的原野
在這時候
所有的顏色都已沉靜
而黑暗尚未來臨
在山崗上那叢鬱綠裏
還有著最後一筆的激情
我也喜歡將暮未暮的人生

在這時候
所有的故事都已成型
而結局尚未來臨
我微笑地再做一次回首
尋我那顆曾徬徨悽楚的心

——一九八〇・十一・十五

# 畫展

我知道
凡是美麗的
總不肯　也
不會
爲誰停留

所以　我把

我的愛情和憂傷
掛在牆上
展覽　並且
出售

——一九八〇·十·十一

J.HSI.198

# 隱痛

——一個從沒見過的地方竟是故鄉

所有的知識只有一個名字
在灰暗的城市裏我找不到方向
父親啊母親
那名字是我心中的刺

# 隱痛

我不是只有　只有
對你的記憶
你要知道
還有好多好多的線索
在我心底

可是　有些我不能碰

一碰就是一次
錐心的疼痛

於是
月亮出來的時候
只好揣想你
微笑的模樣
卻絕不敢　絕不敢
揣想　它　如何照我
塞外家鄉

——一九八〇・六・廿一

# 高速公路的下午

路是河流
速度是喧嘩
我的車是一支孤獨的箭
射向獵獵的風沙
（他們說這高氣壓是從蒙古來的）
襯著驕陽　順著青草的呼吸

吹過了幾許韶華
吹過了關山萬里
（用九十公里的速度能追得上嗎）
只爲在這轉角處與我相遇使我屏息
呼喚著風沙的來處我的故鄉
遂在疾馳的車中淚滿衣裳

——一九七八

# 鄉愁

故鄉的歌是一支清遠的笛
總在有月亮的晚上響起

故鄉的面貌卻是一種模糊的悵惘
彷彿霧裏的揮手別離

離別後

鄉愁是一棵沒有年輪的樹
永不老去

——一九七八

# 植物園

七月的下午
看完那商的銅　殷的土
又來看這滿池的荷
在一個七月的下午

荷葉在風裏翻飛
像母親今天的衣裳

荷花溫柔地送來
她衣褶裏的暗香

而我的母親仍然不快樂
只有我知道是什麼緣故
唉
美麗的母親啊
你總不能因爲它不叫作玄武你就不愛這湖

——一九七七

# 命運

海月深深
我窒息於嶄藍的鄉愁裏
雛菊有一種夢中的白
而塞外
正芳草離離

我原該在山坡上牧羊

我愛的男兒騎著馬來時
會看見我的紅裙飄揚
飄揚　今夜揚起的是
歐洲的霧
我迷失在灰暗的巷弄裏
而塞外
芳草正離離

——一九六六

# 出塞曲

請為我唱一首出塞曲
用那遺忘了的古老言語
請用美麗的顫音輕輕呼喚
我心中的大好河山

那只有長城外才有的清香
誰說出塞歌的調子都太悲涼

如果你不愛聽
那是因為歌中沒有你的渴望

而我們總是要一唱再唱
想著草原千里閃著金光
想著風沙呼嘯過大漠
想著黃河岸啊　陰山旁
英雄騎馬啊　騎馬歸故鄉

——一九七九

# 長城謠

儘管城上城下爭戰了一部歷史
儘管奪了焉支又還了焉支
多少個隘口有多少次悲歡啊
你永遠是個無情的建築
蹲踞在荒莽的山巓
冷眼看人間恩怨
爲什麼唱你時總不能成聲

寫你不能成篇
而一提起你便有烈火焚起
火中有你萬里的軀體
有你千年的面容
有你的雲　你的樹　你的風

敕勒川　陰山下
今宵月色應如水
而黃河今夜仍然要從你身旁流過
流進我不眠的夢中

——一九七九

# 狂風沙

風沙的來處有一個名字
父親說兒啊那就是你的故鄉
長城外草原千里萬里
母親說兒啊名字只有一個記憶

風沙起時　鄉心就起
風沙落時　鄉心卻無處停息

尋覓的雲啊流浪的鷹
我的揮手不只是爲了呼喚
請讓我與你們爲侶　劃遍長空
飛向那歷歷的關山

一個從沒見過的地方竟是故鄉
所有的知識只有一個名字
在灰暗的城市裏我找不到方向
父親啊母親
那名字是我心中的刺

——一九七九

# 美麗的時刻

——他給了我整片的星空
好讓我自由地去來
我知道　我享有的
是一份深沉寬廣的愛

# 美麗的時刻

——給H・P

當夜如黑色錦緞般
鋪展開來　而
輕柔的話語從耳旁
甜蜜地纏繞過來
在白晝時
曾那樣冷酷的心
竟也慢慢地溫暖起來

就是在這樣一個
美麗的時刻裏
渴望
你能
擁我
入懷

——一九七九・十・廿七

# 新娘

愛我　但是不要只因爲
我今日是你的新娘
不要只因爲這薰香的風
這五月歐洲的陽光

請愛我　因爲我將與你爲侶
共度人世的滄桑

眷戀該如無邊的海洋
一次有一次起伏的浪
在白髮時重溫那起帆的島
將沒有人記得你的一切
像我能記得的那麼多　那麼好

愛我　趁青春年少

——一九七九

# 伴侶

你是那疾馳的箭
我就是你翎旁的風聲
你是那負傷的鷹
我就是撫慰你的月光
你是那昂然的松
我就是纏綿的藤蘿

願
天
長
地
久
你永是我的伴侶
我是你生生世世
溫柔的妻

——一九八〇·十二

# 時光的河流

——誰說我們必須老去，必須分離

可是　我至愛的
你沒有聽見嗎
是什麼從我們床前
悄悄地流過
將我驚起

黑髮在雪白的枕上

你年輕強壯的身軀
安然地熟睡在我身旁
窗內你是我終生的伴侶
窗外　月明星稀

啊　我至愛的　此刻
從我們床前流過的
是時光的河嗎
還是　只是暗夜裏
我的惡夢　我的心悸

——一九八〇・六・十一

# 他

他給了我整片的星空
好讓我自由地去來
我知道　我享有的
是一份深沉寬廣的愛

在快樂的角落裏　才能
從容地寫詩　流淚

而日耀的園中
他將我栽成　一株
恣意生長的薔薇

而我的幸福還不止如此
在他強垂溫柔的護翼下
我知道　我很知道啊
我是一個
受縱容的女子

——一九八〇・三・一

# 後記

——所有繁複的花瓣正一層層地舒開，所有生命中甘如醇蜜、澀如黃連的感覺與經驗，正交識地在我心中存在。

# 一條河流的夢

一直在被寵愛與被保護的環境裏成長。父母辛苦地將戰亂與流離都擋在門外，竭力設法給了我一段溫暖的童年，使我能快樂地讀書、畫畫、做一切愛做的事。甚至，在我的婚禮上，父親也特地趕了來，親自帶我走過布魯塞爾老教堂裏那長長的紅地毯，把我交給我的夫君。而他也明白了我父親的心，就把這個繼續寵愛與保護我的責任給接下來了。

那是個五月天，教堂外花開得滿樹，他給了我一把又香又柔又古雅的小蒼蘭，我永遠都不會忘記。

因此，我的詩就成爲認識我們的朋友間一個不可解的謎了。有人說：「妳怎麼會寫這樣的詩？」或者：「妳怎麼能寫這樣的詩？」甚至，有很好的朋友說：

「妳怎麼可以寫這樣的詩？」

爲什麼不可以呢？我一直相信，世間應該有這樣的一種愛情：絕對的寬容、絕對的眞摰、絕對的無怨和絕對的美麗。假如我能享有這樣的愛，那麼，就讓我的詩來做它的證明。假如在世間實在無法找到這樣的愛，那麼，就讓它永遠地存在我的詩裏、我的心中。

所以，對於寫詩這件事，我一直都不喜歡做些什麼解釋。只是覺得，如果一天過得很亂、很累之後，到了晚上，我就很想靜靜地坐下來，寫一些新的，或者翻一翻以前寫過的，幾張唱片，幾張稿紙，就能度過一個很安適的夜晚。鄉間的夜潮濕而又溫暖，桂花和茉莉在廊下不分四季地開著，那樣的時刻，我也不會忘記。

如果說，從十四歲便開始正式進入藝術科系學習的繪畫，是我終生投入的一種工作；那麼，從十三歲起便在日記本上開始的寫詩，就是我抽身的一種方法了。兩者我都極愛。不過，對於前者，我一直是主動地去追求，熱烈而又嚴肅地去探尋更高更深的境界。對於後者，我卻從來沒有刻意地去做過些什麼努力，我只是安靜地等待著，在燈下，在芳香的夜晚，等待它來到我的心中。

因此，這些詩一直是寫給我自己看的，也由於它們，才使我看到我自己。知道自己正處在生命中最美麗的時刻，所有繁複的花瓣正一層一層地舒開，所有甘如醇蜜、澀如黃連的感覺，正交織地在我心中存在。歲月如一條曲折的閃著光的河流靜靜地流過，今夜爲二十年前的我心折不已。而二十年後再回顧，想必也會爲此刻的我而心折。

我的蒙古名字叫作穆倫，就是大的江河的意思，我很喜歡這個名字。如果所有的時光眞如江流，那麼，就讓這些年來的詩成爲一條河流的夢吧！

感謝所有使我的詩能輯印成冊的朋友，請接受我最誠摯的謝意。剛曉風在那樣忙碌的情況之下還肯爲我寫序，在那樣深夜的深談之後，我對她已不止是敬意而已了。

一九八一年六月於多雨的石門鄉間

# 席慕蓉的世界

## ——一位蒙古女性的畫與詩

七等生

覩見藝術品，可以省思現實人生的遺憾，所以創造「美」來補償，安慰悸動的心靈。「美」是外形，內涵道德意識的「善」，瞧見樸實虛懷的「眞」。這是一切藝術創作家心靈的本體。藝術家可以貧困、可以受現實的奚落、可以放浪不羈、可以病和死亡，但其創作品卻蘊涵著華貴莊嚴、崇高的視野、秩序和永恒的道德理念而長存。何以故，不外求取天地人事的和諧和平衡，獲得自由和意志的抒發。人生沒有藝術之美，就無法證之心靈的存在，進而無法覓至崇高的境界，和畏服上帝的眞善。美術品的表現，不應區分爲藝術而藝術或爲人生而藝術；兩者不能分野，爲藝術而藝術實質是爲人生而藝術，其目的、功用十分彰明。藝術的創作行爲，旨在陶冶人生，此不在話下，現在我想直接展開席慕蓉小姐油彩作品之外的鋼筆素描創作品，兼有詩歌配合，隨興聊聊，以盡同學相知之誼，望讀者恕納。

蒙古籍的席慕蓉小姐，畫壇有所知其名和畫，讀者大眾卻未必全然知曉；因其女性之身，情感壯闊細嫩並蓄，受西洋繪畫的薰陶，卻並未忘懷鄉土的本質；其故國鄉愁濃密，亦不捐捨生活意趣；亦畫亦詩，左右相乘，其展現的「畫詩集」，誠是理識情趣兼顧，才情藝術同優，創作之用心嚴謹，不能不令人讚賞而加以宣揚。

我青少的時候，有緣與慕蓉同班同學習畫，但畢業之後，拐轉他路。美術的品鑑和批評非我專長，故我不談繪事的專門理論知識，只憑我不羈的一時感興隨想發之筆端，如有謬誤和淺薄的野夫之見，能望賢達不吝指教，並寬宥諒之。現在翻開了「畫詩集」，放肆直言，供之讀者的閒暇，孤意獻曝，以娛大家雅興。

慕蓉的畫，分「歌」「思」「線」而集成，我亦照秩序分三個部分揣想其意。到底詩歌爲畫而譜，或畫依詩作而繪，應無別分；因畫有詩助，可明晰意旨，詩有畫補，更能觀明景致；我想她並不刻意效法前人，單爲了心緒情懷，揮展雙方面的特長而已。又非潑墨筆翰沿習傳統形式，而是細上鋼筆，詩更纔情懷柔，形式內容完全新穎而現代，最好以此分域，不必牽連受之古人的遺澤影響，較爲新鮮乾淨。如舉攝影家山姆．畢斯京的作品，他常特意選定嬌美主題配以詩句，詩照合並，自成風格，也不要因形式略仿，中外混爲一談。美的發生由於動心而思創意，述諸於技藝，乃天經地義之事。雖然美術成品有優劣之比，但說形式內容之由來，其辨別好壞如何，便是另一個問題了。

## 集一：歌

慕蓉的歌有十二首，依序是：

山月
給你的歌
十六歲的花季
接友人書
暮色
邂逅

樹的畫像
銅版畫
舊夢
回首
月桂樹的願望
新娘

看這樣的排列，彷彿是她個人的成長藉著幾個重要斷面，跳接連綴進展的生命過程；裏面的主詞都是意象，是創作者的我注視原本生活情態的眞我，內在的事實完全布滿在這些詩句中，以歌將它唱出。生命尋找另一生命，成了自然的眞理，否則生命無以爲繼。生命由另一個生命產生，這過程非常悱惻動人，爲何如此，只能用自然環境和人事的交錯變換來加以回答，別無說明。關於這事實，慕蓉在「山月」的開頭便唱出：

我曾踏月而來
只因你在山中

其意象鮮明，眞理俱在，不可諱言。愛是生命個體出生後，尋找、交纏、恩怨、蛻變、離開、懺思、復合、死亡的故事，正是「但終我倆多少物換星移的韶華，卻總不能將它忘記」。這是人世生活的事實，不能拂逆。「山月」定於篇首，其理甚明，是一個直接表露的開場，引人進入情況，並不是它寫的較早（一九七七），因爲集中有一首「月桂樹的願望」，寫的更早（一九六四），被排在次末的位置。所以創作家的作品，詮釋生命事實時，並不依時間秩序發表，因爲人類的思想並不只有單一路線，和生活的腳步並行；思想猶如瀚海空際，能自由潛藏和飛翔；證之於我們一日之所思所爲，其中繁雜的人事，回憶與瞻望，夢和現實，無時不在前後左右交織，也無時無刻不在興起和沉澱，一個爲另一個所替代，而這全部都包容在同一個生命個體裏。在小說的發展史中，意識流是近代普爲倡行的一種形式，它的發明完全是參照人生和個體思想作用的本質，從開展到結局，跳接十分頻繁。而由這樣的情狀來勾勒事物的眞實存在，非常的合理和自然，令人讀之如臨其境。由這種形式我們更知生命軀體和生命思想，二者導源於一的存在事實。

觀覽慕蓉在「歌」的結構亦相彷彿。但現在我們興趣在於她道出「我曾踏月而來，只因在你山中」後，他們是何種經歷的故事，其中描述情愫的種種，完全來自實際生活，但她的技巧卻有如另造美境，引起我們無上的嚮往。她唱著「給你的歌」：

我愛你只因歲月如梭
永不停留，永不回頭
才能編織出華麗的面容啊
不露一絲褪色的悲愁

這種人生的扮演，你我皆然，道出外在的追尋和內在的隱憂。人生如戲劇，幕前幕後，兩種身分和面貌，我們常遇「在公眾前歡顏，孤獨時飲泣」這回事；生而煩惱，就是爲此感覺疼痛，不能如一。在「十六歲的花季」裏，她像某個人在十七歲一樣，是一種轉進，這裏能看出她心智的早熟，欣喜變成永不抹滅的警惕，未來的一切都向著十六歲的那一年看齊。以後是否重複或模仿，我想答案是肯定的。較佳的說法是邁向成長和成熟，但無疑眞正的感覺生命是始自一塊豎立的紀念碑石。慕蓉對自己的情感，時日持續，不能竭止，如她所說的：

那奔騰著向眼前湧來的
是塵封的日，塵封的夜
塵封的華年和秋草

這些多情東西讓人目不暇接，當一個人煩思之時，眞是一景接一景、一事交一事，無從數起，但如果忽然跳過二十年，那就更有好看的了。在這些的歌唱裏，我最喜愛那首與那幅題爲「暮色」的詩畫：

回顧所來徑啊
蒼蒼橫著的翠微
這半生的坎坷啊
在暮色中化為甜蜜的熱淚

詩是女性優柔的寫法，很不錯，而讀之使人想要貼近古意的作風：

回顧所來徑
蒼蒼橫翠微

至於那一幅畫，是百合花的兩株花葉，花姿葉態很分明，從她特殊磨練的筆觸，在黑白的線形中，好像看到葉子和花朵的原本色澤。就是配給一種不相干的顏色，亦不失其結構涵意的雋永，從翻開封面到蓋合封底，都能看到，不只是因爲它佳妙美麗、平凡卻含蓄著高貴，實在是代表著創作者本人的形態。

下一首詩「邂逅」，可看出作者文學的素質和修養，不是一朝一日新手的膚淺。當她點破人生時，有如莎士比亞般老練自然，並不像俗間一些故作清高跳出域外，完全是表現我相是眾相，眾相是我相，大家一個樣，愁樂共體，無分軒輊：

你把憂傷畫在眼角
我將流浪抹在額頭

……………
請別錯怪那韶光改人容顏
我們自己才是那個化粧師

這是看得清清楚楚的邂逅，與一般迷亂的邂逅煞有區別。在這一部分歌情的詩作裏，情感在而理性也在，看透哀傷的事可不容易啊！省略了說不清的繁纏，事過境遷，一切只要一句「親愛的朋友」便涵蓋了過往和現在，包涵著恩怨和尊重，擴大著邂逅的哲理意義。女作家常有她們現實的尖銳情感，流於偏狹和責怨，像慕蓉卻有大地之母的懷抱，使人放下重擔，回復自然和新生。像她這種勇敢之氣、明理的態度，可爲女生的楷模，事實上也唯有如此，才可導入於更好的未來，而不必在人間老傷著和氣。她說：「我只是一棵孤獨的樹，在抗拒著秋的來臨。」

抗拒是抗拒，卻不能倖免，人類世界，應該不要畏懼這種可由自然現象中看到的命運；因爲堅毅和識命才會重生希望，在持續的生命時光中修正改進，創造佳境，而一切的物事猶如新生，才會珍惜而獲得充實，有如「銅板畫」中的自許：

如我早知就此無法把你忘記
我將不再大意，我要盡力鏤刻

實在是說到了身爲美術家的使命。是的，我們爲何不如此呢？爲何人生不像藝術？我們豈不太笨太傻了，太過愚癡而找不到眞諦。在「舊夢」裏，她便說出了那種愚蠢和苦相，而以誰都不會少有的現實生活去做對比。我們跟著可以清楚地看到，她選擇和掌握到目前的幸福生活，這在自由的天地裏，只要有智慧才能，並且不要有過分的貪婪野心，大概都能享受到這幅實在的美景：

我牽著孩子
走下山坡
林中襲來溫香的五月的風
我的兒女雙頰緋紅
夕陽緩緩地落下
摯愛的伴侶已回到了家
他在屋前向我們遙遙揮手
這黃昏裏的家啊
那樣甜蜜，那樣溫柔

這樣就夠了，還有什麼奢求？何必美詞堆砌顯得不實在呢？一首接一首的詩句所出現的回顧和省思，心中的自許和顯現的眼前光景，就是這集「歌」輯中結構的意識流和作者本體。大多數的人生經驗幾近相似，便不會對這種俗套太過誹謗；覺悟並非一次來便一切都順暢而沒有窒障，芸芸眾生遙望學道的佛徒，以爲理識開悟是他們的涅盤護身符，不會再有煩憂，這是高估和誤解，只要有存相，就不可能那麼了無牽掛；一位高僧在漫漫泛海中企求道悟，頂多是次數較多，一次比一次境界升高而已，絕不是完全沒有絲毫痛擾，因爲生命在他仍然必須腳踏著這塊苦惱的土地才能轉進；人生世界是眞眞確確的，不可能沒有體認，甚至一隻白老鼠，都需要嘗試著多次錯誤，才能獲致報償，何況是萬倍艱苦的人生呢？任何人都需要經過重重疊疊的努力，才能獲致結果，這是一條不可能省略忽視的途徑。我們不可錯會我們不相識的意外事實。

是否我已經越分地揣想了大題?但無不可在此互相交換一些感知和經歷,品賞文學和美術品並不限在它的題目之內,更珍貴的是能讓我們藉此機會馳思和隨想,不要狹限與它沒有相干;擴大創作品的品鑑範圍,更能估價作品的功效,有些低劣的藝術家不讓我們這樣想,或愚笨者只限定某種想法,可是老道的藝術家卻能讓我們隨便自由,也唯有自由世界,才會擁有好文學和藝術品,容許文學藝術家的存在。

歌已近尾聲,慕蓉提出一個質疑:「有誰在月光下變成桂樹,可以逃過夜夜的思念」,做爲開始時「山月」的回應,這是她說「我爲什麼還要愛你」的理由了。一切過往的歷程逝去,最後在自擇和努力安排下實現美麗的現實。「新娘」是歌中最終高頂的意象。透露一點慕蓉的私事,她和劉先生是在異地歐洲求學時相愛而成爲夫婦，但是慕蓉並非穿了紗衣，步上禮堂，只求外在的美觀就好。她告訴科學家的夫婿說，她當他的新娘子是有條件的，有詩爲證，也是歌聲的結束式：

愛我，但是不要只因為
我今日是你的新娘
不要只因為這薰香的風
這五月歐洲的陽光

請愛我，因為我將與你為侶
共度人世的滄桑

眷戀該如無邊的海洋
一次有一次起伏的浪
在白髮時重溫那起帆的島
將沒有人能記得你的一切
像我能記得的那麼多，那麼好

愛我，趁青春年少

# 集二：思

「我所擁有的，只有那在我全身奔騰的古老民族的血脈。我只要一閉眼，就彷彿看見那蒼蒼茫茫的大漠，聽見所有的河流從天山流下，而叢山暗黯，那長城萬里是怎樣地從我心中蜿蜒而過啊！」

在這「思」集裏，全都是前面經由個人與藝術結合、與現實生活結合的情感抒發後，擴大的民族鄉土的懷念記憶，從她現在生活環境的台灣，奔馳在偉大工程的高速公路的意象出發，回走到童年祖籍的故園國土。從歌小我，到思大我，是這本「畫詩集」最具特色和見長的編輯，可以看到漸次高潮；不若一般人，總是將偌大的題目自當招牌，誇口著在前頭嚇人，和有恃無恐地強詞奪理，把自己裝得腫脹和不實；而慕蓉腳踏實地的依理路編排，先剖析個體生命，再擴大追溯群體的原有發祥地根源，頗使人信服其情感的實在性，這種技巧才能使人賞識和贊同，而不致倒生反感。現在激進份子的意識就是常常將事理本末倒置，不先健全個體，反倡要先強大群體結合的幻象，受情緒的左右而混淆了概念和實體所代表的時空位置。譬如有一個站在街頭高聲唱著自己愛國、指著別人不愛國的人，大多數人會爲他這種表現所困擾，甚而畏懼躲避，覺得本來安分守己、過得平順安靜的日子，卻爲這樣的聲音騷擾得惶恐與不安；要是這種情態是有組織的，不止是一個人站在街頭，甚或利用各種的媒介到處散佈，心弱無知的人便在這樣的鼓吹下喪失自己而跟著去吶喊，覺得愛國的理想眞偉大，個人的存在眞渺小，無憑依；如果他是個還沒有人生閱歷的青年學生，便會忘掉了充實和保全自己生命的本分，不依自己的能力再理智地決定將來是否該貢獻社群多少，竟野心勃勃地也跟著批判善惡是非，否定現有生活的價值秩序；遇到這種人，實在說，只要質問他到目前爲止到底已經爲國家社會做了什麼，他是否身體健康，經過這一考驗，他便應該自慚形穢了。現實不是由空洞的辯論形成而來，事實上自吹自擂的言論反而讓人看出僞詐，憑著膽大高論，其中大都有滿足私欲的作祟成分；凡事有關現實，如政治問題，應該政治績效證實之，否則不能置信。所謂理想架構，並非一天便能建造起來，繪聲繪影地說得天花亂墜，那都是海市蜃樓的幻影，現代有知識的人不應該再受騙，或故意做欺詐善良民眾的幫兇。愛國愛民族，可由文學藝術的創作去啓發鼓舞，擴大現實生活的理念情感；一種觀念的了解，必須經由一項存在於現實物事的引導和啓迪。我們讀美國詩人惠特曼的「自我之歌」，完全可以見到個人布置在群體的時空之中，無一處不看到群體是由一個一個充滿血氣的個體所組成，因此一件一件的事功被他們完成，一回一回的理想被他們的勤奮和努力而實踐出來。那發出於個人的有限聲音，匯集成大河高山般的壯闊宏大；

到處可以聽到船塢碼頭的么喝，聽到打鐵的叮噹聲音，修築鐵道的工人的歌聲傳得很遠；可以看見公務員走過街頭準時上班的腳步，看到農夫日晒的面貌，聽見時序的跫音，看見季節變換的景致，這一切都是由個人規律的心臟跳動來促成，而由這樣的節拍歌唱出爲自由和愛而團結一起。這首自我代表美利堅意象的詩作，具體而實在，不容置疑，確實鼓舞著每一個心靈，可以做爲我們的楷模。

慕蓉在「思」集裏，優雅地喚醒離開故國的中國人的記憶，盡到一個創作者的職分。在思念感懷中鼓動著我們的心靈，希望我們一步一步踏實地走回去，那裏有我們對未來的憧憬。如「長城謠」裏：

勅勅川　陰山下
今宵月色應如水

而黃河今夜仍然從你身旁流過
流進我不眠的夢中

又如「出塞曲」，她毫不妥協地堅愛自己的塞外家鄉：

那只有長城外才有的清香
誰說出塞歌的調子都太悲涼
如果你不愛聽
那是因為歌中沒有你的渴望

記得我和她在師範藝術科修習的時候，有一次，我們排練著一部部舞劇，叫

「沙漠之旅」。慕蓉擔任幕後的吹笛手，另一些人在台上表演。她一個人站在進出場的布幕邊，由那處縫口，張大著眼睛，注視著商旅和姑娘的走舞，一面吹奏一面淚流縱橫；當我們退場，一個一個經過她的身邊，而意外地看到她眞情流露的情態時，都啞然肅穆起來。站在她的背後，等著她把笛聲延至最後一個音符和落幕。她本來比我們的年紀都小，經由那一次的發現，不由得讚賞她的豐沛奇情，而刮目相看，不敢蔑視她是個蒙古人。她的才華不只繪畫一面，音樂、文學同樣並行成長，今天她能詩歌、美術專精同時展現，誠屬意料中事；一個人在成長中的成就是唯賴情感的秉賦，是外力無法阻擋的。我們都知道她的姐姐席慕德女士，亦同樣是才情超高的人，她在音樂歌唱界的成就，受到中外的讚譽。現在我們已知道慕蓉在「思」集裏深沉的內涵，已不必一首一首地加以瑣談，直接翻閱朗讀原作更能貼近她的感觸。我想應該轉往談她畫的一面，欣賞她在鋼筆功夫的表現。

在我們的畫壇裏，這一門的獨到成就，似乎少之又少，有之不是流於格調低俗的漫畫，就是在報章雜誌上做爲文章不甚得當的插繪，能夠像正統的表現形式受到重視和同等評價的，只有慕蓉一人。當我一張一張翻閱品賞，不由得由心裏升起對她的讚佩，其中她注意到繪畫上不能輕忽的對工具的熟練操作，以及認識到工具的特性，給予無瑕的發揮。回顧去年她在「美國新聞處」的油畫大展，對她掌握油彩特性，表現出內涵的震撼效果的技法，我們還留有深刻的印象。這是一個畫家最爲起碼的能力條件，不論他的表現有別於傳統或別於他人，重要的是要有純熟的技術，這一點由表現的主題是否能感動人而加以認定。技法與主題兼爲內涵吸引到共鳴，是一個藝術創作品值得評價的準則，其他別無約定，以及受到思想和意識的框限，使一件成功的藝術創作品受到侮辱般的排斥和棄置。文學、音樂等許多藝術形式的創作亦然。文學藝術創作家不必孤心設想另外的奇技，單指這項戲法誇言，當他達不到如上述內涵吸引到共鳴時，我們不必迷惑於那徒增多餘的技巧；有如創作家實不需要單獨只就主題的材料去做辯護，博求同情，同樣當他沒有做到雙方的結合可以內涵吸引到共鳴時，不論他自認題材如何可取，只有讓人徒增嘆息而已。甚至做爲一個文學藝術的評論家，當他身負責任去批評時，唯有抓牢這根不變的金尺，而無需顧左右而言他，自賤自己的神聖身分。在一個現實而動亂的時代，文學藝術的創作呈現著雜亂景象，有著個占地盤排斥異己的爲非行爲，甚至受到政治情勢的指使，淪爲工具，其評價便會像現實生活的社會情形一樣，有不公平的現象；藝術乃在知識的範圍內，此時應憑良知緊握金尺，像一個忠貞愛國之士，在存亡之秋，應有豎立不搖的精神。

就鋼筆這種確定無可輕率表現的「線」和「點」，如心無成竹，很容易發現到不純熟現象的走樣，或表現不恰當，會形成糟糕而令人不堪入目的尷尬。它不能修改，或加筆，當一旦失手弄髒，懊悔都來不及，只有換紙重來；尤其眼看從開始便順利漸近完成之際，要是受到突然的打擾而精神旁顧，使筆趣消失，格調前後不一致，那麼便會覺得難堪，只好前功棄盡，甚至會發一頓賭咒的脾氣。鋼筆繪畫技法的優美之處，有如杜預屠牛，乾淨俐落，所到之處皆迎刃而解，否則便像受宰之牛，被搞得悽殘不全、痛苦不堪。慕蓉的操筆，雖屬細指功夫，但頗有我上述明淨灑脫的優點，筆筆清澈，有如滑溉的鋼絲，在匯集處絲毫不含糊混雜，讓人有清爽和條理分明之感。這種筆法，使畫面自然形成高貴和清秀，所繪出的不論人物或自然樹木，大致能獲致表達的效果。但有部分形體造型，尤其面部，未能準確表露內在涵意，而有呆板堅硬之嫌；因爲這種只能靠線條表現的平面藝術，不能不在造型結構的選擇上，透過生活閱歷，求取美善，達到外貌顯現內在精神的精確密合。

如果分張品評，大都能獲得不同程度的喜愛，其中以「暮色」爲題那一幅，如前所述，應得普遍的賞識。在「歌」集裏的那張「銅版畫」，則是一張上乘的佳構，與亂針刺繡，有同工之妙，非常吻合詩意內容。在「歌」集裏的畫幅，其表現受情感主題的約制，在結構上頗爲特殊，表現得十分奇麗，但我懷疑不會受到嚴格的品賞家的斤斤計較。有如在男人的世界裏那種苛酷挑選女性的態度，不是嫌棄智力不高，就是惋惜不夠性感，如果經久相處，就有些不耐看的牢騷。天下沒有一塊可稱完美無瑕的璧玉，甚至崇高無比的上帝，仍時有對他大呼不公平的人。任何的批評應是有益的，此後兩者之間便會自行調整，而獲致諧和。在「思」集裏，「高速公路的下午」一幅，最見她獨到的鋼筆功夫的性能，操作的正確使人激賞；還有那張「出塞曲」爲題的較粗的筆線，使人深感其奇女的灑脫明快，而不致零亂失散，表示出條條思（線）路的來源和去處。「植物園」一張，我個人則不太喜歡，造型和情態有些失錯。總之，批評就是一種怪異矛盾的個性，就像我們說到某家的閨秀好高騖遠，雖暗心懷著愛慕，但口頭上還是散佈著微詞。

## 集三：線

「從十四歲進入台北師範藝術科起，這麼多年來，偏愛的仍然是單一而又多變的線。」

這麼多年來，實際是十數二十年間而已，不是一生，還是有限，只能代表她現在的主觀說法；要去肯定她的創作，並不依她個人的偏好。好像數個孩子中，父母最疼老二，但是在別人或社會的觀點，疼愛是一回事，並不同意這老二就是最有用，乃必須由孩子本身的作爲來衡量批判。未來如何，慕蓉或許會有改變，將來總觀自己的創作歷史，自然較理性地接近社會的觀點；所以當我們客觀地審查她「單一而多變的線」的成就，就可能要與她的偏愛牴觸了。但我相信慕蓉所說「線」的意思並不指此，而是表明她喜愛、深入，進而肯定的所謂藝術。

什麼是藝術？宇宙的存在就是藝術，單一而多變就是一種約簡的說明。那麼藝術品的評價，就可能非常冷酷現實，好則視爲珍寶，受到無盡的寵愛；不好則看作糞土，不願去理睬。好壞之間，還有無數的層次，好似訂有價碼，依形式內容的不同，讓人自由選擇購買；而這些伯仲之間的藝品，使評審煞費周章，使德性不高的藝術家的心思混亂了。藝術家在眾藝品面前，猶如掌握命運的主宰，但是他的評斷是來自深習的學術、廣大的人生閱歷，以及本身心智的健全。質言之，評鑑藝術品，是知性感性交合發揮作用的事。藝術品的鑑賞品好，隨各時代的風潮而異，但不要輕忽文化的歷史所留下的不可更改的存相，不言而喻地它自然產生自每一個人的心靈，去瞧見和擁懷那份喜慰和滿足，就像誰也無法搶奪他心許的愛情。這種微妙的感覺存在，不能憑肉眼看見，只能訴諸一顆至純至善的心；而每一個人如能勤於掃除凡世的滯重昏噩，那麼每個人都有福分受到它明淨的照耀。藝品的鑑識並非與心智無關，以爲只要釐定標準就可覓致獲得，好比玩一場有規則的遊戲，在規則內得分最高便是勝者。但是不論規則如何，重要的是那參與者本身具備的道德能力。藝品本身並非眞體，藝術品是一種手段和媒介的幻象，透過它去會見眞理。相信唯物理念的人，認爲藝術和藝品都是工具，背面有指使者和它們的目的，這是討論藝術問題時最常聽到的藉機贏取的反證，使靈肉共體的自然一分爲二，進而泯滅了心靈存在，驅使生命進入苦役的域地。這是對於眞理的懷疑，而影響到評鑑藝術的標準。以達文西的蒙娜麗莎畫像爲例，鄙薄和懷疑它的價值的大有人在，因爲他們信奉的人生眞理（唯物的），正要迫不及待地剷除這種唯眞唯善唯美的至高無上藝術，他們套套的現實理由，可以迫使別人開不了口；但沉默底下，依然有良知的心靈，不肯信服那套威逼的說詞，還是深愛和確認它的存在，甚至那些反對者在孤獨時，也會湧出至眞的情愫去懷想。至於那個受企盼的境界如何，現在我們幾乎無能用語言揭露它的存在的神祕。

我現在特意要去相信慕蓉偏愛她的「線」的理由（前面已經說過與客觀的評鑑藝品成就不相關），以便去接近她從事藝術的心得。一個心有所獲得的創作家，幾乎已不再關心外界的評語，可以想見她擁抱和珍惜心得的情操；直截地說，她對藝術奧祕的發現，是一件她自駕乎生命的重大事。透過千百萬條單一而多變的線的實驗，她從中獲致這份體悟。大家都知道許多事實說到創作家忘食廢寢而對藝術的執著，一旦發現愛上它，可以忍受窮困、可以放棄一切俗世的生活快樂，但就是不肯放棄藝術。我們檢視慕蓉在「線」集中的畫，極其容易地看出爲何她會如此偏愛，甚至去貼近她的心得，而分享到類同的喜悅。一個外在的複雜形體，能夠經由幾條或無數條線勾勒後，再現出一個類似的形體，豈不奇妙，而讓人著迷。從外在的客體轉變成內在的主體，這種神奇的作爲，其愉快和慰藉的滿足，是不可言喻的，誰也不能加以否認。如果我們有這等的認識，也就不必懷疑慕蓉所說的偏愛了。

我已經無需像前面一一去瑣撰有關慕蓉每一幅畫的特色，我想讀者只要親自去觀覽品賞，便有自己的特別領受，甚而超過我用文字寫出的更多的微妙發現。很值得介紹的是，這本「畫詩集」，印刷十分清晰精美，不只在品賞時可以獲得很大的快樂，而且是雅好藏書的人士，書櫃中不可缺乏的一本書冊；我不是爲商業行爲說這樣的話，而是席慕蓉女士是我們這一代中國人中很可重視和喜愛的畫家。從這部「畫詩集」裏，她毫不隱諱地呈獻中華兒女的豐沛感情，她心中的歌和思是完全經由線（藝術）來表達。我們也是在這部「畫詩集」裏這樣認識她的。這樣夠了，不需要用過分誇飾不實的言詞去歌頌她的成就，她也不想有人這樣。

——原載一九七九年十二月十八日～十九日聯合報副刊

# 席慕蓉書目

## ・詩集

| | | |
|---|---|---|
| 七里香 | 大地 | 一九八一・七 |
| 無怨的青春 | 大地 | 一九八三・二 |
| 時光九篇 | 爾雅 | 一九八七・一 |
| 邊緣光影 | 爾雅 | 一九九九・四 |
| 七里香 | 圓神 | 二〇〇〇・三 |
| 無怨的青春 | 圓神 | 二〇〇〇・三 |
| 我摺疊著我的愛 | 圓神 | 二〇〇五・二 |

| | | |
|---|---|---|
| 時光九篇 | 圓神 | 二〇〇五・十二 |
| 迷途詩冊（新版） | 圓神 | 二〇〇六・三 |
| 邊緣光影 | 圓神 | 二〇〇六・三 |
| 以詩之名 | 圓神 | 二〇一一・七 |
| 除你之外 | 圓神 | 二〇一六・三 |

・詩選

| | | |
|---|---|---|
| 水與石的對話 | 太魯閣國家公園 | 一九九〇・二 |
| 河流之歌 | 東華 | 一九九二・六 |
| 河流之歌 | 北京三聯 | 一九九四・二 |
| 時間草原 | 上海文藝 | 一九九七・六 |

## ・畫冊

| | | |
|---|---|---|
| 畫詩（素描與詩） | 皇冠 | 一九七九・七 |
| 山水（油畫） | 敦煌藝術中心 | 一九八七・五 |
| 花季（油畫） | 清昇藝術中心 | 一九九一・四 |
| 涉江采芙蓉（油畫） | 清昇藝術中心 | 一九九二・六 |
| 一日一生（油畫與詩） | 敦煌藝術中心 | 一九九七・十一 |
| 席慕蓉 | 圓神 | 二〇〇二・十二 |
| 當夏夜芳馥 | 圓神 | 二〇一七・十 |

## ・散文集

| | | |
|---|---|---|
| 成長的痕跡 | 爾雅 | 一九八二・三 |
| 畫出心中的彩虹 | 爾雅 | 一九八二・三 |

| | | |
|---|---|---|
| 有一首歌 | 洪範 | 一九八三・十 |
| 同心集 | 九歌 | 一九八五・三 |
| 寫給幸福 | 爾雅 | 一九八五・十 |
| 信物 | 圓神 | 一九八九・一 |
| 寫生者 | 大雁 | 一九八九・三 |
| 我的家在高原上 | 圓神 | 一九九〇・七 |
| 江山有待 | 洪範 | 一九九一・五 |
| 寫生者 | 洪範 | 一九九四・二 |
| 黃羊・玫瑰・飛魚 | 爾雅 | 一九九六・七 |
| 大雁之歌 | 皇冠 | 一九九七・五 |
| 我家在高原上 | 圓神 | 二〇〇三・十二 |
| 寧靜的巨大 | 圓神 | 二〇〇八・六 |
| 寫給海日汗的21封信 | 圓神 | 二〇一三・八 |

・散文選



・小品



・美術論者

雷射藝術導論　雷射推廣協會　一九八二・十二

・編選

遠處的星光
——蒙古現代詩選　圓神　一九九〇・七

附註：《三弦》與張曉風、愛亞合著。《同心集》與劉海北合著。《在那遙遠的地方》攝影林東生。《我的家在高原上》攝影王行恭。《水與石的對話》與蔣勳合著，攝影安世中。

國家圖書館出版品預行編目資料

七里香／席慕蓉作. -- 初版 -- 臺北市：圓神，2000.03
256 面；12.8×18.6公分 --（圓神叢書；294）

ISBN 957-607-442-8（精裝）

851.486 89001073

Eurasian Publishing Group
圓神出版事業機構
用心與你對話．網野無限寬廣

圓神出版社
Eurasian Press

www.booklife.com.tw reader@mail.eurasian.com.tw

圓神叢書 294

# 七里香

作　　者／席慕蓉
發 行 人／簡志忠
出 版 者／圓神出版社有限公司
地　　址／台北市南京東路四段50號6樓之1
電　　話／（02）2579-6600．2579-8800．2570-3939
傳　　真／（02）2579-0338．2577-3220．2570-3636
總 編 輯／陳秋月
主　　編／吳靜怡
責任編輯／林俶萍
校　　對／席慕蓉．陳羽珊．林俶萍
美術編輯／陳正弦
排　　版／簡　瑄
印務統籌／劉鳳剛．高榮祥
監　　印／高榮祥
經 銷 商／叩應股份有限公司
郵撥帳號／ 18707239
法律顧問／圓神出版事業機構法律顧問　蕭雄淋律師
印　　刷／祥峯印刷廠
2000年3月　初版
2022年4月　46刷

定價 210 元　ISBN 957-607-442-8